사랑하는 이들과 부르는 노래

김정민 여섯 번째 시집

사랑하는 이들과
부르는 노래

초판 1쇄 인쇄일 2023년 12월 20일
초판 1쇄 발행일 2023년 12월 27일

지은이 김정민
펴낸이 양옥매
디자인 송다희 표지혜
교　정 조준경
마케팅 송용호

펴낸곳 도서출판 책과나무
출판등록 제2012-000376
주소 서울특별시 마포구 방울내로 79 이노빌딩 302호
대표전화 02.372.1537　**팩스** 02.372.1538
이메일 booknamu2007@naver.com
홈페이지 www.booknamu.com
ISBN 979-11-6752-403-4 (03800)

김정민 여섯 번째 시집

사랑하는 이들과 부르는 노래

주님께 찬양을, 사랑 준 이들에게 감사를

큰 울림으로 다가오는 사랑의 시

김정민 시인의 6번째 시집을 축하합니다.

어느덧 우리 김정민 시인의 시집이 6번째 출간을 앞두고 있다는 소식을 듣고 저에게 추천의 글을 부탁한다는 이야기를 들었습니다. 부담도 되었지만 일단 기분이 너무 좋고 정민이가 대견하면서도 일상에 찌들었던 우리, 아니 나를 돌아보면서 많은 생각을 하게 되었습니다.

힘들고 끝날 것 같지 않던 코로나 시대를 지나면서 우리는 사물을 본연 그대로 바라보는 순수한 마음을 많이 잃어버리지 않았나 하는 생각이 들기도 하고, 또 어쩌면 예전보다 많은 이유와 핑계에 의존하는 삶을 살고 있지 않나 하는 생각이 듭니다.

아직도, 10여 년 전 환한 봄날의 햇살처럼 정민이

를 처음 보았을 때가 눈에 생생합니다.

김정민 시인의 시들을 읽어 보면서 가장 중요한 바탕에 깔린 것은 바로 '사랑'이라는 마음이 아닌가 싶습니다. 나를 사랑하고, 남을 사랑하고, 모든 자연과 사물을 있는 그대로 사랑해 주고 인정해 주는 그 마음, 그것이 우리 김정민 시인이 조그맣고 간결하게 표현하여 주어도 요즘 시대에 살아가는 어른들에게는 큰 울림으로 다가오는 시가 되는 이유가 아닌가 하는 생각을 해 봅니다.

그동안 김정민 시인의 시집을 다시 한 번 읽어 보면서 얼마 전, 유명 영화제에서 대상을 받은 여배우가 수상 소감으로 한 말이 무척이나 가슴 깊게 다가왔습니다. 마치 정민이가 우리에게 항상 해 주는 말처럼….

"세상이 달라지는 데 한몫을 하겠다라는 거창한 꿈은 없었지만 이 작품을 하면서 적어도 이전보다는 친절한 마음을 품을 수 있기를, 또 전보다 각자 가지고 있는 고유한 특성들을 다름으로 인식하지 않고 다채

로움으로 인식할 수 있기를 바라면서 연기를 하기 위
해 노력했습니다."

우리 김정민 시인의 마음이 사랑으로 어쩌면, 우리
가 색안경을 쓰고 보지 못하는 모든 것에 대한 여러
가지 감정과 현상들을 계속해서 일깨워 주는 좋은 선
생님이 되어 주기를 기원합니다.

정민아! 너의 모든 삶과 모든 행동, 너의 존재가 너
무 자랑스럽고 사랑스럽단다.

항상 응원한다. 있음에 고마워!

장산의료재단 이춘택병원 병원장
윤성환 드림

많은 사람에게 위로와 힘을

사랑받고 사랑 주는 정민이.

지금도 제 눈에는 양 갈래 머리하고 조잘대던 꼬맹이로 보이는데 어느새 스물셋 숙녀가 되었네요.

어느 날 정민이가 노트에 적어 놓은 시를 보고 엄마가 자랑스러워하시며 보여 주신 시를 읽고 놀라고 감동했던 기억이 납니다. 하나님께서 정민이에게 특별한 달란트를 주셨다는 사실을 알았지요. 처음엔 그림글자였지요. 그러던 글씨가 예뻐졌어요.

시집을 읽다가 문득 하나님과 슬럼이 여인 대화를 듣는 것 같았어요. 하나님께서 주신 사랑, 하나님을 향한 거짓 없는 마음, 하나님과 가족, 모든 사람에게 받았던 그 사랑이 시집을 통해 다시 누군가에게 전해짐을 감사합니다.

성경(아가 5장 59절)에 "너의 사랑하는 자가 남의 사랑하는 자보다 나은 것이 무엇인가"라고 했지요. 받았던 사랑이 특별했듯 나누어야 할 사랑 또한 일반적인 사랑이 아니어야 한다는 하나님 마음이고 부탁이 아닐까 하는 마음이 왔어요.

그 어떤 재능이나 능력도 천국 문 앞에서는 다 소멸하지만, 하나님 앞에 가져갈 것은 믿음으로 행한 진실한 사랑밖에 없다고 하셨어요(고린도전서 13장).

하나님이 정민이에게 주신 달란트(시집) 속 지혜를 더 풍성히 주셔서 많은 사람이 위로받고 힘 얻는 통로로 사용되기를 기도하고 응원할게요.

이개원 전도사님

기적과 감동의 순간들을 담다

정민아, 벌써 여섯 번째 시집이 출간되었네.

널 처음 보았을 때에는 몸이 많이 안 좋은, 어린 중학생이었는데 이제 어엿한 직업을 가진 사회인이 되었구나.

에벤에셀의 집 부원장 취임 축하해. 기특하고 정말 대견하다.

작년 가을, 네가 5번째 시집 《나와 함께하자》를 준비하면서 사람들 앞에서 네가 예배를 진행하는 사진을 받았을 때, '세상에는 기적이 있구나.'라는 생각이 들 만큼 가슴이 벅찼어.

교정을 보려고 몇 시간 동안 너랑 통화를 하면서도 내내 가슴이 떨렸단다. 솔직히 그 정도로 좋아질 거라고는 기대하지 못했거든.

그리고 올해 5월, 네가 사회복지사 자격증을 땄다고 자격증 사진을 보내 주었을 때에는 눈물이 날 만큼 감동스러웠어.

누군가의 도움을 받아야 했던 삶에서 누군가에게 도움을 줄 수 있는 존재로 바뀌었으니, 너 자신도 뿌듯하지? 스스로를 자랑스러워해도 돼. 아무나 할 수 있는 일이 아니니까.

오늘 가만히 생각해 보니까 우리의 인연도 제법 길었네.

2014년 첫 시집 《정민이가 보는 세상》부터 《아주 작은 소녀의 노래》, 《행복을 그리는 우리》, 《희망을 노래합니다》, 《나와 함께하자》에 이어 이번 시집 《사랑하는 이들과 부르는 노래》까지 벌써 10년이 되었어.

그 시간 동안 정민이가 성장한 만큼 나도 성장한 것 같아. 감사하는 마음을 더 느끼게 되더라고.

앞으로도 우리 정민이가 사람들의 가슴에 와 닿는 시를 쓰는 모습 지켜보도록 할게. 언제나 너를 응원해.

2023년 10월
작가 한수옥

사랑의 시가 향기롭게 퍼져 나가길

사회복지사가 된 우리 정민이.

꼬마가 숙녀가 되더니 어느새 어엿한 사회복지사로 에벤에셀의 집 부원장이 되었습니다. 불편한 몸으로 전공과목과 실습을 해냈습니다. 쉼 없는 도전과 흘리는 땀방울이 아름답습니다.

이른 아침마다 정민이는 성경 필사를 하고 글을 씁니다. 주님을 찬미하는 시인에서 작가로 발돋움하고 있지요.

여섯 번째 시집 출간을 앞두고 추천의 글을 쓰게 되어 기쁩니다. 글쓰기 근력이 탄탄해지고 있습니다. 작가로서 읽고 쓰는 삶을 채워 가는 정민이 모습이 아름답습니다. 매일 성장하는 모습을 곁에서 지켜볼 수 있어 감사합니다.

주님을 찬양하는 이웃들에게 들려주는 사랑의 노래가 흘러나옵니다. 정민이를 아끼고 사랑하는 사람들의 마음이 모여 시가 되었습니다. 함께 부르는 노래로 주님께 영광 돌리기를 기도합니다. 주님 사랑과 이웃 사랑의 마음이 시(詩)가 되어 향기롭게 퍼져 나가기를 응원합니다.

정민이와 함께 노래하는

우승자 쌤이

이 순간이 오기까지 주신 사랑이 노래로

더 성숙한 모습으로
함께 시를 쓰고 노래할 수 있어 감사합니다.

이 시집은 제목처럼
저를 사랑해 주시는 분들께
감사한 마음을 담아
한 편 한 편 편지하듯 지은 시들입니다.

주님과 가족, 이렇게 사랑하시는 분들이 계셔
힘이 나고 든든합니다.
여러분 사랑하고 감사합니다.

이 모든 일은 주님이 하셨습니다.
주님께 모든 영광 올려 드립니다.
감사합니다.

차례

CHAPTER 1

주님과 나누는 시

CHAPTER 2

나와 나누는 시

CHAPTER 3

가족과 나누는 시

CHAPTER 4

선생님께 보내는 시

CHAPTER 5

친구를 위한 시

주님과 나누는 시

네 삶 속 내 손

내게 붙잡힌
내가 잡은

네 삶
네 손

나의 손 너의 손
함께해 사랑해

사랑해

나는 십자가로
내 모든 순간으로

네 보배 난

알아 너의 보물
나라는 걸

너에게
내 모든 건 선물
나의 사랑은

사랑해

사랑해

아프니

죽으러 온 나는
십자가 위 나는
너에게 준 사랑
생각해 내 사랑

죽으러 온 나를
살리려 온 나를

사랑해 행복해
나를 너에게 줄 날

이날을 위해 왔다

너를 위해 죽는

사랑 주려

함께하려

생명 빛으로

생명 빛으로
다가가는

삶이 되고파
가는 사랑

너와 있는
그런 사랑

네 모든
시와 글

생명 빛을
비추고파

그늘

그늘에서 쉬고 싶어
사랑의 그늘에서

그늘에서 쉬고 싶어
행복의 그늘에서

쉬고 싶어 쉬고 싶거든
내 그늘 그늘에서 쉬어라

너의 그늘 되고 싶어
아니, 이미 나는 너의 그늘

놓지 않아

이게 내 마음
놓지 않아

너와 함께해
시간은 필요 없어

사랑하는 날도
언제나 사랑하니까

놓지 못해
내 안에 사니까

기다려 시간을

기다려 마음을

알아 마음을

맡겨 주겠니

하기에도

하기에도 모자라니
그만 흔들려

행복하기에도
사랑하기에도

나와 너와
네 사람들과

맺어 준
맺어진
사람들 말이야

내게 빠지면

내게 빠지면
안 되겠니

더 빠지고 사랑하면
나 바라보며 웃으면서

너의 사랑이라면
네게 행복이라면

맞아 사랑이야
맞아 행복이야

내어놓으렴

너를 너의 마음
함께하니 사랑 안에
내어놓으렴

흔들리지 않도록
내게 오면 안 되겠니
뭐 잊은 거 없니

내가 있다는 것
다시 잡으렴 나를
내가 사랑하니

너의 흔들리는
순간과 마음

다시 나가자

내려놓으렴

알고 있잖아

오늘도 사랑해

그 이유

사랑하기에
함께하고 싶어

그 길을 걸었지
살리는 길을

주고 싶어 걸었지
견뎠어 사랑이니까

날 주면서까지
사랑했어

아깝지 않았어

나 죽어야 너 사니까

목적이 있었으니

생명 주겠다는

기억해

잡고 있어
너를 세워

지금 자리에
모든 순간을

사랑하며
함께하니

한숨 쉬지 마
마음 아프니

나와 너의 이들

바라지 않아

너의 한숨

그 이유 사랑

사랑의 약속

너와 나
사랑 약속

했지 너에게
사랑, 사랑으로

무엇이냐고
십자가 사랑

이 사랑이지
피 약속이지

난 지켰어
이천 년 전

아니 지금도
지키고 있어

함께하고 있으니
영원 약속이니까

이미 지킨 약속
끝 날까지 지킬 약속

어땠어

어땠어 나와
제대로 함께한 4일

기다렸단다
기다렸어

오늘 먼저 주었지
너의 시간을

아니 4일을
모두 그랬지

어땠어 나와
제대로 함께한 시간

세워 주소서

살게 하소서
세워 주소서

온전한 나로
온전히 나로

자녀답게
자녀다운 나로

사랑받은 자답게
사랑받은 자로

살게 하소서
세워 주소서

주의 힘을 노래하며

사랑과 힘을 노래합니다
십자가 행복 노래합니다

고난 길 걸으심 감사합니다
생명 피 쏟아 가며 걸으심

살리시기 위해 가신 길을
죽으심과 부활 그 길

함께하심을 손으로
말하며 살아갑니다

사랑과 힘을 노래합니다
십자가 행복 노래합니다

더 필요해요

더 필요해요
주님의 사랑

시간이 지나면
지날수록

사랑으로
사랑으로

진하게
진하게

냇가에

냇가에 있는데

왜 허전하니

내 사랑 냇가

품어 줄 냇가

함께하는데

왜 허전하니

냇가 안에 있는데

왜 허전하니

채워 주었는데

왜 허전하니

듣고 있니
지금

함께했는데 말야
함께 썼는데 말야

나의 가는 길마다

나의 길 속에서
나의 가는 길에서

내가 걷는 길이
함께 걷는 길 되게

나의 길에서 주님과
모든 순간의 걸음을

주님과 함께 걷는 사람
맞추어 걷게 하소서

어떤 길을 가더라도
주님 안에서 가도록

주의 승리로

승리하는 사람

승리하신 주님으로

승리하며 살도록

함께하시는 주님

보게 하소서

성탄 편지 한 통

선물 받고 싶니
줄게 내 몸 찢어

갈게 너의 맘에
되니 사랑해도 너

아냐 필요 없지
이미 사랑하니

없지 거부 내 피
없지 거부 편지

부른다 널 위해
몸으로 쓰는 편지

사랑해 너를 이렇게
어떻게 나의 십자가

왜 오냐고
죽으러
왜 죽냐고
살리려

나야

너의 답은 나야
풀어 주셔서

너의 안에 있어
함께해 주셔서

너를 사랑해
사랑해 주셔서

울게 하심을
감사합니다

너의 마음

마음 너의 마음
붙잡고 있으니
나와 함께하니

괜찮아
괜찮아
사랑이니까
사랑하니까

힘들어하지 않아도 돼
왜냐고 영원한 사랑이니까

흔들리지 않아도 돼
언제나 네 안에 있어

십자가로

누가

나

누굴

너

어떻게

십자가로

봄

나를 날 보고
주님 따스함을

마음 봄
함께 여전히 계심

자연 봄
새싹의 노래가

또 여름이
잔잔함을 알린다

삶을

채우소서
채우소서

주를 부르며
주를 찾으며

주를 노래하고
주를 높이며

주로 족하고
주 계시므로
충만하게 하소서

주로 풍성케

주로 가득하게

채우소서

채우소서

매 순간

매 순간 주님을

주님 안 행복

아니 행복 자체이신

주님 안에서 살게

다시 말씀해 주심

나로

사랑만으로

사니

네가 원한다는 삶

있니

네 마음 어디에

내 사랑 전하는 데에

행복 전하는 데에

나 전하는 데에

있다면 뜨겁게

이렇게 두드려 주심

여전히 사랑해 주심

감사합니다

언제나

주의 나라에
거하게 하시며

천국을
살게 하소서

주의 얼굴을 비추시며
주님을 보게 하소서

주의 품에 품어 주시고
주의 팔로 안아 주소서

주와 함께 걷게 하시며
주와 같이 발맞추게 하소서

주 날 내 날

일어나심을
일어나심의 행복

그 기쁨 노래하는 날
아, 아픔이 있다니

그래도 감사하는
마음으로 오늘을

그래도 찬양하는
마음으로 하루를

그 사랑 내 것
고백하는 날

CHAPTER 2

나와 나누는 시

Dream Of Sky(하늘의 꿈)

찾지 않았고
꾸지 않았다

다가왔다
찾아왔다

내려온다
다가온다

꿈이라며
하늘의 꿈

가득 채운다
다가온 꿈을

안고 품고
함께 간다

주어진 꿈
갖고 산다

내려온
그분의

하늘 꿈
나의 꿈

꾼다

채운다

품다

산다

그분의

하늘의

꿈이 내 것 되어

사랑 전하는

행복 전하는

그 꿈으로

날 봄

날 봄
날 봄

오늘도
나의 모습

오늘도
나의 마음

날 보며
오늘도 시를 쓴다

날 보면……
날 보면……

서

주님께
바로 서

너로 서
주님께

언제나
함께해

네 사랑
네 행복

오늘 내 기도

기도대로
기도로 살기를

진실하게
행복 전하는

마음이 진심이길
말만이 아니길

이런 사람이길
오늘 전하기를

발걸음

아름답게
걸어가는
사람으로

한 발짝
떼더라도
아름답게

행복하게
걷는 나로

함께 모두와
빛내며 걷길
삶이 빛나는

꽃처럼

그렇게 활짝

피우며 빛나길

나아간다

나아간다
주님과

나아간다
힘을 얻고

격려 속에
함께 쓰며

시와 글로
오늘도 사랑

성공했다

나아가리

주님과 당신과

나아간다

너를 사랑해 주는

너를 사랑하는 사람들
그들 너 마음 들여다

다시 보렴
멈추지 말고

사랑받는 사람
나도 사랑하니

또 다른 가족
그곳의 복을

이 순간에도
나아가잖니

다시 보렴

멈추지 말고

오늘도 너로 살아

흔들리지 마

나무로

나무로 살고 싶어
우뚝 서서

매일 자라나는
흔들리지 않는

주님 안에서
행복 안에서

함께 노래하며
함께 표현하며

나무로 살고 싶어
우뚝 서서

그냥

하고 있어서

할 수 있어서

두 글자

한 단어

이렇게 말할 수 있다

행복을 물으면

그냥이라고

주 있으면

쓰고 싶지 않아요

쓰고 싶지 않아요
행복이 아니라면

쓰고 싶지 않아요
사랑이 아니라면

써야 해요
행복이니까

써야 해요
사랑받았으니까

쓰면서 진해져요
써야 하는 이유

시 쓰는 이유

사랑과 행복

이 마음으로

쓰고 싶어요

내일이 있어서

쓸 수 있어요

나를 향해 걷는 길에서

결국

이 마음으로
그분과 간다면

나를 향해 걷는 길에서
너를 향한 길을

나를 향한 길
모두와 걷는다

함께 걷는 길

나를 향해 걷는다

서로 시로

서로 글로

나로

너로

나를 향해 걷는 길

너를 보며 걷는다

너를 향한 길에서

나를 향해 걷는 길을

이 마음으로

그분과 산다면

결국

행복이 나를

행복이 나를
끌고 가기에

그 시 쓰기에
놓을 수 없고

행복이 함께하기에
쓸 수 있다

살기에 부른다
사랑 노래

행복이 나를
가게 하기에

흔들리지 않기로 했잖아

잘 가고 있는 거야
잘 가고 있어

흔들리지
그래도 괜찮아

지금은 잡고 있고
내일이 있잖아

나의 행복 주님
붙들고
사랑하고

괜찮을 거야

사랑하고 계시니

먹고 산다

먹고 산다

빛과 함께
사랑을

가족
친구
스승

행복 안에서
이 사랑
빛으로

먹고 산다

사니까

주님 안에 사니까
행복 안에서 사니까
빛으로 사니까

받기보다
나눠야지
사랑과 행복

지금처럼
이렇게 살며 끝까지

주님 안에
행복 안에서
빛으로 사니까

왜

왜 지쳤을까?

왜 그럴까

찾고 싶다

사랑하고 있을까

행복 전하는 삶

달리고 있기에

필요하다

주님 사랑

붙들어야

잡아야

왜 그런지
내 마음 안

찾는 시 짓고
글 써야지

지금처럼
지금처럼만

정민아
힘내

주님과 사랑하는 이들
함께하고 있으니

나에게 불러 주는

나에게
네가

불러 주는
너의 노래
너의 시

함께하는 너
사랑하는 너

너는 나니까
나는 너니까

나에게 내가

불러 주는

나에게 내가

써 주는 시

주님 노래와

또 너의 글

힘이 될 거야

그만하고 싶어

또 해 버렸네

그만하고 싶은데

어버이날인데

그래도 이해한다는 엄마와

그렇지 않은 나

한번에 일어섰다

오늘도

오늘도 알았지
넌 이렇게 살아

행복으로 말이지
뭔지 알지

너로 사는 행복
넌 이미 알지

살아야 하는 이유
있어야 하는 이유
써야 하는 이유

흔들리면
안 되는 이유

다

오늘도 다
다 얻었다

행복과 함께했으니
듣고 있으니

지금도 이 자리에
있으니 다 얻었다

행복과 함께한 하루
오늘 난 성공

또 정신 차려

내일을 위해

오늘도 다

다 얻었다

작은 손으로

작은 손으로
행복 한 줄만

마음이 쓰게 하는
그 시 노래를

내가 부르는 이유
끝까지 가야 하는

다 놓을 수 없는 이유
행복이라 말하는 분

전하기 위하여
작은 손으로 오늘도

적어 본다

부른다

한 줄 한 가락

작은 입과 손으로

지지 않겠다

지지 않겠다
지지 않겠다

괜찮아
흔들려도

응원하는 사람
아니야
지면 안 돼

내일이라는 하루
나를 새우는
생각으로 이겨야지

흔들리지 마

일어서야지

아침마다 나를 위해

아침마다
시작되는

나를 위한
시와 글

나를 위한
시간 속 만나는 행복

일어나서뿐만 아니라
함께하며 열고
밤까지 살다가

같이 닫을 수 있게
하루 이렇게

행복으로
마감할 수 있기를

아침마다 쓰는
러브레터

나를 위해 부르는
그 사랑
그 마음을

멈추지 않고

나를 위해

아침마다

그 자리에서

놓지 말고

버리지 않고

기다리니

기다리니
기다리니

길 문
열리다

나와 너의 길은
행복이야

너의 새 길이
주님으로

더 기도해
감사해
사랑해

아침 향기

흔들림 없이
가기로 했다

아침 향 맡고
함께 시작한다

주님 향기 맡고 하루
살기로 했다

매일 향기를
적기로 약속

정민 끝까지
놓치지 않고

흔들림 없이
가기로 했다

사랑하는 거야

사랑하는 거야
너 사랑받는 거야

항상 기억해
너의 삶은
사랑하는 삶이란 걸

너도 주고 있잖아
알고 있잖아
얼마나 받고 사는지

또 얼마나 주고 사는지
오늘도 이렇게 주잖아

이 마음 변치 않기를

사랑하는 이 마음

CHAPTER 3

가족과 나누는 시

함께 부르는 노래

사랑을 불러요 오늘
함께 부르는 사랑

우리 언제나 불러요
사랑을 희망의 노래

함께 부르는 노래
함께 부를 수 있어

행복한 사랑의 노래
언제나 함께할 노래

아이가 소녀가 되고
성인이 되어 다시

함께 노래해요

함께 바라며

희망과 사랑과

매일의 행복을

다시 노래하고

시로 표현해요

함께 걸었네

한 행

한 연

한 편

한 집

쌓여

지금 여기 있네

다시 가네

사랑 향해

함께 걸었네

그분 내 사랑들

있어 줘서

그 힘으로

오늘도 또

쌓은 나와

김정민

만든 그

감 감사한

사 사람들이

사랑하게

사랑하게
사랑하게

3월 첫날
시작하는 날

그날을 기억합니다

오늘 있는

오늘 있는
오늘 있는 사람에게
잘해야 하는데

사랑

믿고
기도하며
기다리고
함께하며
나누는

행복을 사는 모녀

매일 행복해
복이라 말할 수 있는
모녀가 되길

사랑해
물론 아빠도
사랑하지만

말하지 않아도
알지

행복을 사는 부녀

매일 행복해

복이라 말할 수 있는

부녀가 되길

사랑해

물론 엄마도

사랑하지만

말하지 않아도

알지

가족

가족이에요
가족이잖아요

가족이 많아요
그 이상이에요

편지하듯
적어 보았습니다

여러 번 전해도
모자랄 말

또 합니다
사랑합니다

시를

시를 쓰는 이유
주님

변치 않기를 바라는
엄마

알고 있어
변치 못할 이유

태어나 줘서 고마워

엄마 아빠 마음이
이렇다면 나는

낳아 줘서 고마워
함께해 주고
사랑해 줘서

주님께 먼저
감사해야지

만나게 해 주셨으니 말야
가족으로 이렇게
주님 감사합니다

매실차 사랑

오늘 사랑해
매실차 고마워

엄마는 너를 사랑해
다시 느끼게 해 주었지

네가 아니었거든
꺼내 주고 싶었던

확인했지 너로
우리 얼마나

널 선택해야 했어
딸이거든

엄마

엄마와 함께
내 엄마로 걷고

함께한 날도
엄마 시작도

앞으로 나와 같이할
길도 응원해

감사하며 축하해
사랑하고

한 걸음

더 사랑할게요
더 믿음으로 걸을게요

겸손 사랑으로 살게요
매일 한 걸음 더

행복으로 나아갈게요
함께 걸어요 행복 길

열심으로 아니 기쁨으로
전하며 살아요

저보다 행복 되신 주님을
사랑하고 나아가요

엄마 아빠 사랑해 주세요.

주님이 우선되도록

기도해 주세요

매일 다가가요

주님 사랑으로

진심으로 쓰도록

크게 전부로

주님을 찬양하도록

마음이 쓰는 이유가

주님이시라는

변치 않도록

한 걸음 걸을 때마다

시인 그런 삶 되도록

더 기도합니다

모르지 않아

미안해 엄마
모르지 않아

엄마 마음
안다면서도
또 소리 질렀네

주님과 함께했으면 하는
이 마음

내가 잘못했지

내게 그 시간은

알고 있지만
다시 말하게

생각하게
듣게 해 주었다

그 시간은
차에서 보낸

엄마 아빠
고마워 들어 주어서

그 도전 그 꿈
우리 대화가

의미 있게

그날 그 시간

또 이뤄질

그 시간 이야기

기도하는 마음

중심이 더 살기를
더 사랑하기를

기도하는
마음으로

바라보고
먼저 살아 줘

나도 나지만
엄마도 살아야지

아니지 내가

무슨 말을 해

아무리 잘해도

주님 앞에서는

내 이름으로

내 이름으로
다가가고 만난

아니 다가온 사람
삼촌 조카 정민으로

태어나지 않았다면
만나지 못하고

서로 사랑하지 못했을
주님이 맺어 주신 가족

사랑해 내 삼촌

오늘을 축하해

삼촌이 태어나 온 날

오늘을 축하하며

길

너의 길이 힘들지 않기를
언제나 좋은 일만 가득하길
그래도 겸손하길 바라는
가족 마음이
또 생각을 하게

내 나중 길 걱정 뚝
믿고 기다려

기도하며
함께 걸어가길

나만을 위한
길이 아니길

가족을 위한 길

그 길을 가길

부모로 가는 길보다

먼저 챙길 수 있길

사랑하는

사람이 있으니

웃음이 가득하길

그 누구보다 더 예쁘게

잘 살아라

함께 살아 보자

아름답고
빛나는 삶

더 사랑할게
더 감사하며

엄마 아빠도
너에게도 줄 사랑

우리 사랑하며
너도 그렇게

행복 길 가는
모습 보면서

함께 기도합니다

아프지 마
힘들지 마

언제나 함께하셔
이 모습 보며

기도해
아프다

기다릴게
언니야

남겨 둘게
주려던 선물

불러도

나에게 아빠 같은
사람 중 한 사람이라고
말하고 싶어요

그래도 되나요
먼저 말씀하셨죠
딸 같다고

끝까지 함께 가요
주님이 맺어 주신
인연이니까

한번 불러 봅니다

아빠 사랑합니다

이미 아시죠

아프시면 안 된다는 거

어느덧 6개월 남았어요

그 자리가 오려면

잘하셨어요 끝까지

포기하지 않아 주셔서

감사합니다 저에게도

큰 힘이 되었어요

더 주님 자녀다운

사람으로 살아갈게요

기도해 주세요

지켜봐 주세요

언니

언니는 신기해
가까이 있을 만하면
가고

보고 있을 수 없고
곁에 있을 수 없어

그래도 좋아
기도해 줄 수 있으니

아프지

아파도 가길
그래도 아프지 않기를

몸은 몸이라
맘은 맘이라

나는 나라
너는 너라

엄마는 엄마
아빠는 아빠

언니는 언니

오빠는 오빠

사랑이 모두

아프면

곁에

곁에 있어
함께할 수 있는

곁에 든든히
버티고 있는

내 사랑들
쓴다

나의 사랑보다
더 큰 사랑이

있다는 걸
나뿐만 아니라는 걸

때론 쓰러지고
넘어져도 함께

오늘 하루 끝에서
남기는 이유는

가치 나누고 싶어
흔들리지 않도록

잡아 주는
행복 손

가족 끝없는
사랑으로

사람들에게
전하고 싶어

이미 충분해
향기가

더 채워 가자
향기를

불을 피우듯

고구마를 삶듯
나의 마음에도
불을 지피자

몸 목욕하듯
마음을 씻고

난로처럼 데우는
내가 되려면

자세히 보면

자세히 보면
다 보이는데

천천히 걸으며
빠르지도
느리지도 않은 나만의 속도
방향을 잡고 가요

오늘도 놓치지
않았어요

힘을 내요

함께할 수 있으니
힘을 내요
우리는 가족이니까

CHAPTER 4

선생님께 보내는 시

그 이름으로

있어 주셔서
선생님이란
이름으로

계셔 주셔서
진심 담아
응원해 주셔서

그 이름으로

감사합니다

고리가 되어

고리 연결 고리로

끝까지 남아 주실

그 시기를 시로 함께해 주셔서

샘의 딸이라 말하는 저와

샘 그 이상으로

감사해요

손잡고 가 주셔서

손잡고 가 주셔서
응원해 주셔서 감사

언제나 보석으로
다듬어 주셔서 감사

조용히

하면 되는데
들은 지 얼마나 지났다고

내일이라
다행이에요

그 마음을
또 볼 수 있으니

그날에

그날 마시기 시작한 비타민
행복 비타민 마시기
멈추고 싶지 않습니다

지금 있는 그곳

행복 비타민 먹는 자리
다시 기억하는 자리

내 행복 삶 속 이야기
사랑하게 되는 거기

사랑할래요

사랑할래요
행복과 나

사랑할래요
함께하는 사람들

마음 다해
마음 다한

사랑할래요
더 사랑할래요

사랑해
사랑할래요

나무처럼

나무처럼
우뚝 서서
흔들림 없이

비가 오고
바람 불어도
쓰러지지 않는

나무 한 그루
한 그루 모여

그 숲나무로
살아갑니다

더하기

하나둘 더해지는 삶
감사합니다

점점 커지는 마음
생각은 또

감사합니다
오를 수 있어

새로운 산으로
거침없이 나아가요

만나고부터
함께하니 가능해요

아프지 않아

아프지 않을 수 있어
아프지 않아

함께하기에
거기 말이야

괜찮아
가장 소중한

마음으로
보게 하니까

아파도 아프지 않아
거기는 사랑이거든

알려 주거든
사랑하는 법

또 하나 있지
나로 사는 법

내 사랑 걷는 길에

너 걷는 길
응원할게

사랑하니
함께하자

이번 시작도
매 순간을

애제자(愛弟子) 정민
이 마음 품어 주셔서

스승 마음을 떠나!
아껴 주시니

더 사랑합니다

앞으로도

그 따스함

나눠 주세요

아쉬움 안고

또 쉼이 오면

다시 만나요

아 그날에도

또 나눌 이야기

쌓아 갈게요

겨울 긴 시간

그 시로 만나요

서로 보물 안고

날이 오면 만나요

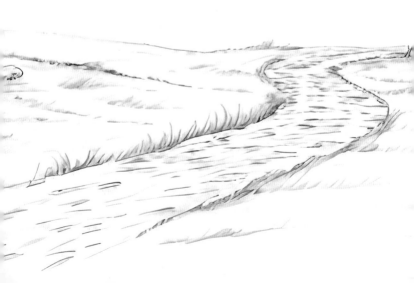

피워 내기 위해

피우기 위해
애쓰며 기다리는

빛나게 하려고
주고 또 주기 위해

같이해 주는
마음 하나둘

그 마음 나 자신 되어
오늘 지금 되었다

놓치고 싶지 않아

나를 올리는 시간
나를 보는 시간

그 시간 놓치지 않아
놓지 않아

거기 그 소리
거기에서 부르는 노래

몇 곡이라도 좋아
다 놓지 않을 거야

시로 부르는 노래
또 거기 노래가 끝나지

숨구멍

혼자지만 혼자가 아닌
같이하지만 홀로

마음 살피는 시간
늘어가네
늘어 가네

숨구멍 속에서
오늘도

나를 보네
나를 찾네

혼자지만 혼자가 아닌
같이하지만 홀로

감사

기대해 주심

기울여 주심

예뻐해 주심

옆까지 봐주심

감사합니다

괜찮아요

괜찮아요

괜찮았어요

함께 계셔 주셔서

웃을 수 있게 해 주셔서

감사했어요

여전히 감사합니다

사랑합니다

또 사랑합니다

마음 노래

마음 노래를
부릅니다

함께 부르며
사랑해 주심

결을 내어 주심
이렇게 즐겁게

불러 주심 항상
감사드려요

마음 노래
즐거울 수 있도록

행복으로 쓸게요

매 순간
세워 주시니

저의 행복과 걸어가면서
끝까지 사랑할게요

사랑 이유가 없습니다
그냥 사랑합니다

누가

누가 너와 함께하니
물어 주시니

누가 너 사랑해
물어 주시니

누구를 사랑하니
물어 주시고

가까이 가라
말씀해 주시니

사랑해 주시니
감사합니다

그래도 놓을 수

없으니 전하는 일이기에

행복이신 주

먼저라 말해 주셔서

사랑받은 날

감사합니다
사랑 주셔서

사랑 듬뿍 받고
내일을 준비합니다

내일 받을 사랑도
미리 감사합니다

내일 사랑을 기다리며
힘을 냅니다

나누는 삶에도
감사합니다

이미

이미 강하다는
느끼게 해 주셔서

오늘도 함께해

강한 사람임을
알려 주심

감사합니다

그 자리 그 눈물

어디 있는지
잊어버리고

딸로 흐르는
엄마 모습 보며

오로지 제자
딸이고 싶었습니다

이어지고
이어지는

스승이자 엄마 이야기
또 다른 스승에게 함께 듣는

그 자리 있게 하신

주님께 감사합니다

지키고 싶었습니다

엄마 보고 싶었습니다

엄마가

엄마가

되어 주셔서

감사합니다

샘

샘이 걷는 길을

함께 걸으며

응원할 수 있어

감사합니다

세워 주시니

설 수 있어서
다행이에요

내일을 기대합니다
오늘보다 나을 거니까요

함께해 주시니까요
그래도 다 했답니다

놀기도 했지만
놓치지 않았어요

또 언제나
함께해 감사해요

부모

우리 스승들은
엄마 아빠다

다시 쓴다
그 사랑을

마음속
전하고 싶은 이야기

이렇게밖에
말 못하는
큰 사랑 이야기

부른다 노래

표현한다 사랑

사랑 이야기

스승 위에

스승에게도

모두 감사한 일

삶으로

CHAPTER 5

친구를 위한 시

최고를

최고를 너에게 주고 싶어

행복을 너에게 주고 싶어

사랑을 너에게 주고 싶어

내 모든 것 너에게 주고 싶어

유진이 너에게 주고 싶어

별빛 같은 친구

이야기했듯이
표현했듯이

빛나는 사람
내겐 특히나

가만히 있어도
이유 없이

좋은 친구
사랑하는 친구

너도 그랬지
별빛 같은 친구야

천사 같은 친구에게

내 천사야
천사 같은 친구야

지금껏 그래 왔듯
영원히 남아 줘

내 사랑으로
내 친구로

한 명 더 있지
너도 알지

너희는 끝까지

우리 영원히 남자

두 천사에게

하고픈 말 사랑

오늘도 빛나는 너에게

오늘도 빛나는 너에게
오늘도 빛나는 너와

주고 나누고
사랑과 행복

오늘도 빛나는 너
내 친구로 말야

지금도 빛나고 있을 너
함께해 기대어 힘들 땐

웃고 울고
그래 왔던

같이 가자
영원한 친구

다시 얘기할게
넌 빛내는 사람

나의 친구
빛이기에

아니 아니지 향
진한 아메리카노

그 빛 그 향으로
사는 너에게

사랑 한 잔

사랑 한 잔
네 사랑을

커피 아냐
사랑이지

고마워
네 사랑
커피 한 잔

널 닮은 맛
내 친구의 맛

서로에게

서로에게
필요한 우리

서로 중요하고
소중한
사랑하는
그런 사람

마음 알아줄 수 있고
함께하는 사람

이런 우리가
친구인 거야

찾아 주고 싶어

새로움이 뭘까
네가 말하는 우리 새로움

쓰고 부르고 싶다고
뭔데 너의 새로움

널 채워 봐
진정한 행복으로

내게뿐 아니라
네 향기를 모두와

나눠 봐 내게 주는 향기
우리 기억도 괜찮아

십오 년 동안의 기억

나와 너를 담아 봐

찾아 주고 싶어

너의 행복을

시를 통해서

펼쳐질 새로운 이야기

응원해 너를

너의 시 세계

함께 쓰자 응원하며

너와 나의 행복을

행복을 꿈꾼다

나의 행복

너의 행복

그날을 꿈꾼다

내 행복이 네 행복

함께 누리는 날

모든 순간의 행복을

나도 있었지

갈대 같던 시절

알았지 여전히

행복이 함께했단 걸

알지 내 그때

괜찮아 나는

이제 너의

삶의 행복을

꿈꿔 줄 수 있어

바라 줄 수 있어

삶의 자리에서

삶의 자리에서
너에게 전하고 싶어
알리고 싶어

왜 그렇게
널 사랑하는지

또 나보다
널 더 사랑해 주실 분
난 지금 그분과 함께 있어

함께 누리고 싶어
나만 알 수 없어

이 큰 사랑 이야기
평생 친구를

만들어 주고 싶어
그 친구는

끝까지 남아 줄 거야
물론 나도

이제 이 이야기를 해야겠다
신기한 사실 하나 알려 줄까

너도 이미 알고 있어
널 만드셨으니까

모를 수가 없어

다 알려 주셨거든

못 믿을 뿐이야

이게 너와 나누고 싶은

나 행복한 이유

내 삶이야

널 만나 사랑하는 삶

이게 나의 이유여야 해

나도 흔들릴 때 있지만

나와 널 만나게 하신 건

그분이란 사실을
전하고 싶어

진심이 아니라며
못 받아들일 수 있어

보이지 않으니까
난 알고 있지

나와 너의 부모님까지도
사랑해 주시는 분

살게 하고 싶어

널 살게 하고 싶어
우리는 널

행복 속에서
행복한 거니
난 산다고 표현해

살고 있니

그분과 함께하는
삶이 크기에

풍성하거든
우리에게는

그래서 쓰는 거야

이 이야기

끝까지 너와

행복을 누리고 싶어

바위가 되어

쉽게 깨지지 않는
바위가 되어

부르는 대로 살게
부르게 하신 대로

그분 사랑하며
너와 함께

지금 모습 이대로
내려놓고 말이지

무엇이냐고

나의 마음 챙김조차

나를 사랑하는

중요한 방법이니까

사랑하는 사람

사랑하는 사람
더 사랑하는 사람이 될게

바라지 않고
먼저 사랑할게

유진 내가 챙겨 줄게
네가 챙겨 준 것처럼

너희 마음 내 마음
함께 챙기자

지온아 우리 천사인 너
내가 생각해 줄게

보며 배우고

서로 모습 보며 마음을 키우자

우리 강해지자

사랑하는 사람으로

되고 싶어

생명의 샘

생명의 샘 같은

되고 싶어

그런 사람

너희에게

그런 필요한

다시 말할게

더 강해질 거야

노래하고

적은 것처럼

희망과 사랑

끝까지 부를게

지금 있는 곳에서

생명 샘 되어

기도로 시와

글로 함께할게

느려도 괜찮지

곁에 있을게

그 기도

오늘 너를 만나
드린 기도는

나를 위한 기도는
그렇게 내가

시로 다시 적기에
충분해

너와 만나 온
오늘 질문은

친구로 걷는다는

의미조차

그랬지

마지막에

널 보니

잘 살아야겠다

잘이 뭘까

더 잘 살아 볼게

사랑하는 내 친구

더 강해질게

오늘 기도

기억하며

변함없이

함께 가자

너를 향해

너를 향해서 하는
한 가지 말
사랑 너에게

함께하기에

함께하기에 힘을 낸다
같이 있기에 힘이 난다

그런 친구
내가 먼저 되어 줄게

필요한 사람 너를
너를 위해 쓸게

시를 쓸 거야

나를 위해
너를 위해 주변 위해

계속 쓸 거야
나와 너 함께 쓰자

하고 있으니 말하는 거야
앞으로도 하자고

만나야

너희와 나
언제 만나

마음이 향해
만나지 않아도 있으니

괜찮다고 하기엔
우리 만남은

중요하지
무엇이 중요한지

언제쯤 함께
놀러 만나기보다

의미 있게 보내자

알아 왜

그래도 이젠

만나야지

우리 만남은

평생 갈 거야

너희와 우정

평생 가질 거야

만나고 싶어

함께하고 싶어

함께 부르고 싶어

행복 노래

언제가 될까

우리 다시 만나는 날

몸은 떨어져 있어도

마음이 같으니

괜찮지만

괜찮지 않아

보고 싶거든

그래도 다행이었지

그때 거기서 만났으니

만나고 싶어

의미 있는 이야기

나누고 싶어

우리가 그날 했던 이야기

궁금하지 않니

너도 알고 있지만

궁금할 수도 있는 이야기

다시 왔어

글과 시 쓰는 이유

난 지금 그 자리야

행복 자리 있어

함께 가야 해

함께 가야 해 너희와
끝까지 갈 거야

함께해야 해
함께할 거야

고마워

너희와 함께
새 시작을

할 수 있다는 거
그 자체로 고마워

너희와 함께
할 수 있어 고마워

나를 보여 줄게

나를 보여 줄게
있는 그대로
너도 나에게
그래 줄 수 있니
그러려고 노력 중이야

주고 싶어

주고 싶어 너에게 사랑을
알려 주고 싶어 이번에는

내 사랑보다 더 큰 사랑이 있다는 걸
그래서 쓰고 있지

그분은 항상 계셔
네가 챙기지 못하는 순간에

몇 편이고 더 쓸 수 있어
널 사랑하실 그분을 아니까

나에게뿐만이 아니거든
믿기만 하면 너에게도
언제나 함께할 뿐이지

함께하고 싶어 하셔
마음의 문을 열고

나랑 나누지 않겠니?
십자가 사랑 이야기

단순한 게 아니거든
큰 사랑이라서 감당 불가야

만들고 싶어

너희와

만들고 싶어

사랑하며 사는 세상

함께할 수 있어

함께할 수 있어 좋아
너희는 소중해

힘들 땐 함께
나누고 싶고
기쁨 또한

평생 함께하자
나의 친구

너희는 내게
필요한 친구

그날을

얼마나 기다리고 있는지 몰라
만나고 싶은 너희를

어쩔 수 없다 하기엔
우린 만난 지 오래

하고 싶은 말
일이 많아서

어쩔 수 없으면
아쉽지만 넘어가겠지

보고 싶어 했었잖아
나보다 더

이제 만나자

사회적 거리 두기 끝났잖아

우리에겐

할 일이 많아

봐

만나니까 이렇게 좋잖아

우린 소중한 친구니까